DE CYCLOOP

Een cycloop heeft maar één oog.

Eén oog – hoeveel kun je daarmee zien?

Eén oog had de cycloop, en daarmee zag hij weinig...

n Spritskruim had iedereen twee, of zelfs meer ogen.
n iedereen deed alles voor elkaar.

De zijderups spon dekbedden.
De kakkerlak haalde de emmertjes met poep op.

e rode kruisspin verzorgde de zieken.
e waterjuffer deelde glazen drinken uit.

De vleesvlieg maakte rookworsten.
En de bijen hoorden erbij.

Toen, plotseling, begon alles te schudden!

De dekbedden woeien omhoog. De emmertjes met poep vielen omver. En de waterjuffer liet haar glazen vallen. De bidsprikhaan schreeuwde: 'Een aardbeving!'

Maar het was geen aardbeving. Want daar, heel hoog en groot, verscheen toen de cycloop!

Hij was groen en hij was lelijk.
Hij was gewoon afschuwelijk!

'Au!' zei de cycloop. 'M'n voet...'
Want hij trapte op het huisje van de zijderups.

Toen zei de cycloop: 'Sorry hoor, mevrouw.'
Want hij stootte zich aan de kerktoren.

Ten slotte struikelde hij over een bus!

Daarna ging hij zitten,
tegen de torenloze kerk.

De inwoners van Spritskruim hadden zich verstopt,
maar nu kwamen ze weer tevoorschijn.

'Bent u soms moe, meneer?' vroeg de pissebed voorzichtig.
Verwonderd sperde de cycloop zijn oog weer open.

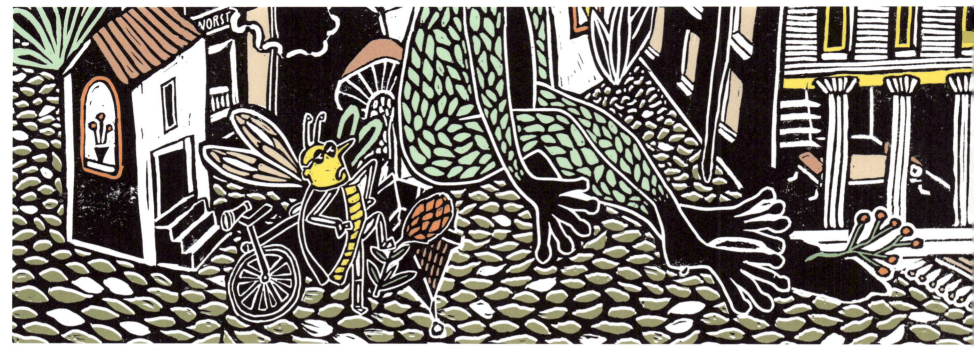

Nou was er in het dorp een jongen die nét wat slimmer was dan iedereen. Die jongen heette Karel.
'Volgens mij,' zei Karel luid, 'moet die meneer een bril...'

en bril?' vroeg de cycloop. 'Wat is dat dan?'
'Gewoon,' zei Karel. 'Met een bril kan je alles beter zien.'

Nu verscheen er een glimlach op het hoofd van de cycloop.
'Dát,' zei hij, 'zou misschien wel helpen.'

De dorpelingen overlegden haastig met elkaar.
'Blijf hier zitten!' zei de burgemeester tegen de cycloop.
'Beweeg je niet, want alles komt in orde.'
'Snel een beetje graag,' zei de cycloop. 'Want ik ben echt heel zielig.'

Eerst werd de fiets van Karel in beslag genomen.
Daar trokken ze het voorwiel af.
'Niet zeuren, Karel,' zeiden ze. 'Want het is voor de goede zaak!'

Met dat wiel gingen ze naar de werkplaats van de mier.
'Zet 'm op, mier,' zeiden ze. 'Want het is voor de goede zaak!'

Vervolgens gingen ze naar de glazenwasser.
'Werken, glazenwasser,' zeiden ze.
'Want het is voor de goede zaak!'

Daarna gingen ze terug naar de cycloop.
'Hallo meneer!' zei de burgemeester. 'Daar zijn we weer!

Met z'n allen hebben wij een bril voor u gemaakt!'
'Ik ben benieuwd,' zei de cycloop.

De rode kruisspin spon een web naar zijn oog.

Twee bijen klommen erlangs met de bril.

n zetten hem op het hoofd van de cycloop.

Meteen veerde hij overeind. 'Het is een wonder!' zei de cycloop. 'Alles om me heen is scherp en duidelijk.'

De dorpelingen juichten.
Ze hadden die eenzame meneer mooi kunnen helpen!

De cycloop was weer gaan staan.
'Al die stemmetjes...' zei hij, omlaag kijkend. 'Jullie zijn héél klein...'

'Al die schattige, lieve huisjes!' riep de cycloop. 'Nu ZIE ik eindelijk wat ik doe!' En hij schopte wel drie huizen weg.

Daarna stampte hij, kwakend van plezier, alles wat nog overeind stond de grond in.

'Maar meneer!' riep de burgemeester nu.
'Wat?' vroeg de cycloop, terwijl hij zich omdraaide.
'We hebben u toch zó geholpen!' riep de burgemeester.
'En nu heeft u ons hele dorp kapotgemaakt... Dat is toch niet aardig?!'

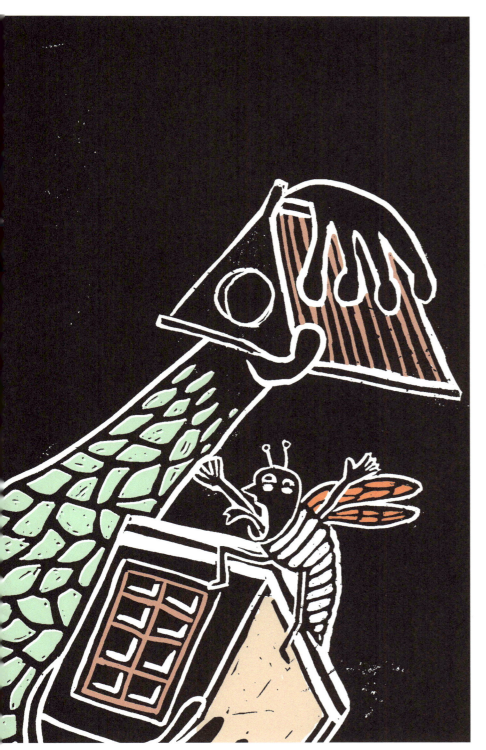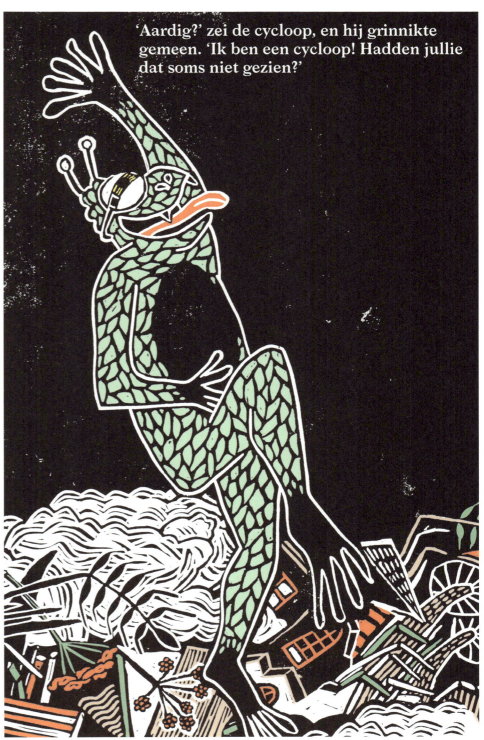

'Aardig?' zei de cycloop, en hij grinnikte gemeen. 'Ik ben een cycloop! Hadden jullie dat soms niet gezien?'

De burgemeester wist opeens niets meer te zeggen.
Ook de dorpelingen waren stil.

'Misschien,' zei de cycloop, 'moeten júllie wel een bril.'
En hij stapte schaterend weg.

De burgemeester keek de cycloop na totdat hij was verdwenen.
'Die arme meneer,' zei hij toen. 'Daar gaat-ie weer. Helemaal alleen.'

'Ja,' zeiden de dorpelingen. 'Wat ontzettend zielig!'
'Zo is dat,' zei de burgemeester. 'Om dat te zien heb je geen bril nodig.

Eén oog had de cycloop, en een bril.
Maar nog steeds zag hij niks anders dan zichzelf...

n de bewoners van het dorpje?
ie waren nog net zo aardig als altijd.

En Karel kreeg een nieuw wiel, voor zijn fiets.

Cycloop

Zijderups

Kakkerlak

Rode kruisspin

Bidsprinkhaan

Karel

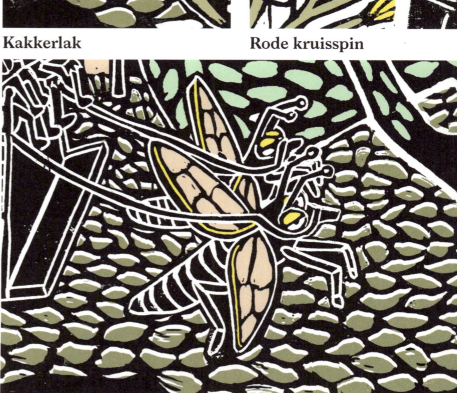
Paardenvlieg 1 en 2

Waterjuffer

Vleesvlieg

Bij 1, 2 en 3

Mier

Lieveheersbeestje

Pissebed

Burgemeester

Tekst
© 2017 Daan Remmerts de Vries

Illustraties
© 2017 Floor Rieder

Voor deze uitgave
© 2017 Uitgeverij J.H. Gottmer / H.J.W. Becht BV
Postbus 317, 2000 AH Haarlem
E-mail: post@gottmer.nl

Uitgeverij J.H. Gottmer / H.J.W. Becht BV
maakt deel uit van de Gottmer Uitgevers Groep BV

Vormgeving
Hamid Sallali

ISBN
978 90 257 6255 1

NUR
273

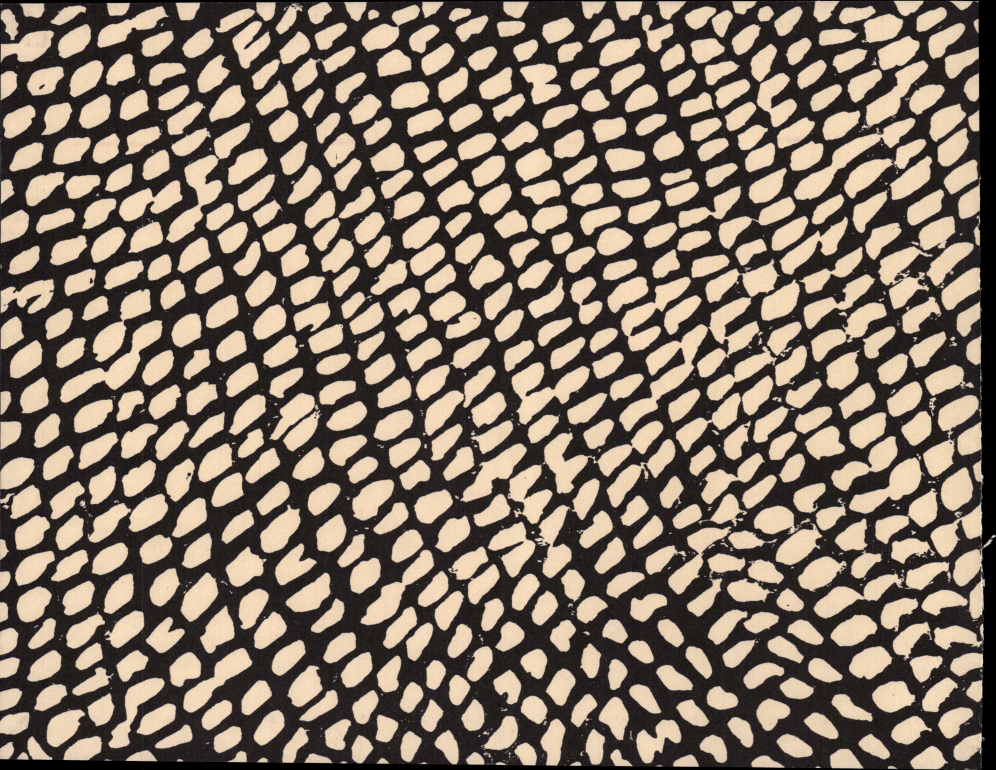